LES

CAMÉLÉONS

POLITIQUES.

Tu ne feras souvent qu'obliger des ingrats,
Qui blâment des vertus qu'ils ne connaissent pas.
Faudra-t-il donc toujours sur la machine ronde,
Quand on voudrait l'aimer, haïr toujours le monde?
En tout temps, en tous lieux, on ne vit que pour soi.
L'égoïsme, aujourd'hui, telle est l'unique loi
Qui régit les humains, qui dirige leur vie.
L'orgueil, l'ambition, la froide hypocrisie
De leurs cœurs corrompus agitent les ressorts;
Pourquoi?... pour amasser d'inutiles trésors;
Et quand ils ont acquis ces honteuses richesses,
Ils s'élèvent encor à force de bassesses.

— Contre qui, diras-tu, décochez-vous vos traits?
De ces mortels affreux tracez-nous les portraits.
— Eh! vraiment de le faire il me sera facile,
Et quand j'en veux peindre un il s'en présente mille.
Mais sans plus discourir et cadencer des mots,
Pour te convaincre ici suivons notre propos.

Vois-tu ce magistrat à la mine fleurie :
Au nom de liberté, de gloire, de patrie,
A nous représenter il a su parvenir.
Dieu le permit sans doute afin de te punir,
Peuple inconstant, léger, à la tête frivole,
Qui crut trop faiblement à sa vaine parole.
Il vous avait promis de défendre vos droits,
De faire respecter et la charte et les lois,
De refuser toujours les titres, les largesses

Qu'on offre aux députés. Oh ! les belles promesses !...
Votre représentant sut bien ce qu'il faisait :
Ce moderne Brutus en ce jour est préfet.
Violant son mandat et l'honneur qu'il outrage,
Il porte effrontément l'étoile du courage ;
Et ce prix d'un grand cœur, l'espoir de nos guerriers,
De la police encor décore les limiers.
Qu'ont donc fait ces héros? quels sont leurs grands services?
Ils savent du pouvoir respecter les caprices ;
Et votre député jadis franc, généreux,
A la ville, à la cour, visible à tous les yeux,
Que l'utile artisan abordait à toute heure,
Se renferme aujourd'hui dans sa noble demeure ;
Faisant faire antichambre au meilleur citoyen,
Il traite un fabricant d'ignoble plébéïen :
Et mettant à profit son crédit, sa richesse,
Il vient, argent comptant d'acheter la noblesse.
Ami, voici pour un..... Que penser, diras-tu,
De ces caméléons, fanfarons de vertu?...
Quoi ! tu ne soufles mot, et, si je ne m'abuse,
Tu fronces le sourcil aux accords de ma muse !
Mon esprit à tes yeux est maussade, chagrin :
Ce portrait, à t'entendre, est un portrait mondain...
Eh bien ! faut-il t'offrir une sainte peinture,
T'esquisser d'un prélat la béate figure?...
Halte-là ! réponds-tu, modérez vos transports,
Gardez-vous d'attaquer ce redoutable corps.
Boileau dit : « *Tous ces jeux que l'athéisme élève*

LES CAMÉLÉONS,

OU

LES HOMMES D'AUJOURD'HUI;

SATYRE

Dédiée à mon ami Leboyer.

PAR ALEXANDRE P******.

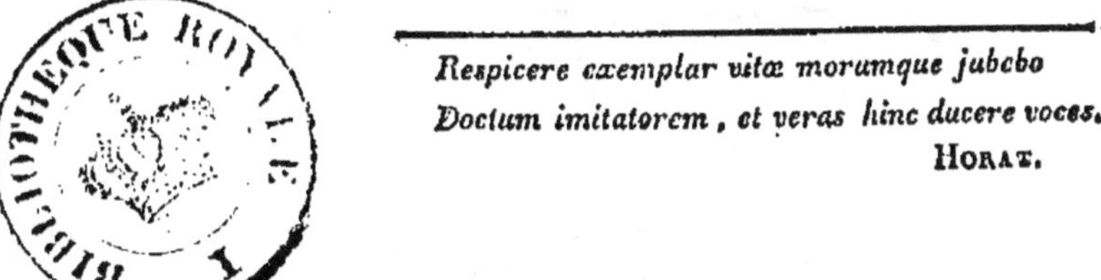

> Respicere exemplar vitæ morumque jubebo
> Doctum imitatorem, et veras hinc ducere voces.
> HORAT.

BIBLIOTHEQUE ROYALE

Clermont,

CHEZ AUGUSTE VEYSSET,
Imprimeur-Libraire, rue de la Treille, n° 14,
ET CHEZ LES PRINCIPAUX LIBRAIRES.

—

1833.

LES CAMÉLÉONS,

OU

LES HOMMES D'AUJOURD'HUI.

———— ✦ ————

Crois-moi, cher Leboyer, dans le siècle où nous sommes,
Nous devons en silence étudier les hommes.
En vain ton cœur aimant veut pour eux s'enflammer,
Apprends à les connaître avant de les aimer.
Sois franc, bon, généreux, constant, humain, sincère,
D'un frère malheureux soulage la misère,

» *Conduisent tristement le plaisant à la grève.* »
Je suis, je fus toujours de cette opinion ;
Et sais porter respect à la religion.
Mais sans paraître ici ni bourru ni fantasque,
Ne puis-je aux faux dévots faire tomber le masque,
Et suivant un sentier où tu t'es signalé,
Reproduire en mes vers un nouveau *Jubilé?*
Les cagotes du jour ont maudit ta satyre ;
Aisément, je le crois : toi seul osas leur dire
» *Que ce costume noir qu'endosse leur pudeur,*
» *N'est souvent,* selon toi, *que le deuil de l'honneur.* »
Fort bien , cher Leboyer... mais , sans plus d'analyse ;
Pour trouver ce portrait, entrons dans cette église.
Assieds-toi... J'aperçois un saint homme prier :
Que de profonds soupirs pousse ce marguillier !
On dirait, à le voir se frapper la poitrine,
Que c'est un... Gardez-vous de juger sur la mine !
De Molière il est bien le mystique imposteur :
« *Le ciel est dans ses yeux, l'enfer est dans son cœur.* »
Par ce zèle plâtré dont un chrétien s'offense,
Un jour il sera chef d'un bureau d'indigence ;
De ses mains sortiront tous ces dons généreux,
Que tout bon cœur destine aux mendians honteux.
Il se montra jadis fourbe, arabe, corsaire ;
Il acquit des trésors par un gain usuraire ;
A cinquante pour cent le saint homme obligeait :
C'était se contenter d'un modeste intérêt ;
Mais, depuis quelques mois, ce misérable impie,

Pour avoir un emploi chaque jour communie,
Et déjà dans son cœur nourrit l'espoir affreux
De s'engraisser bientôt des pleurs du malheureux.
Sortons du temple saint; un tel tableau m'afflige.

— La charité chrétienne, on le voit, vous oblige
A noircir dans vos vers ce pauvre marguillier,
Me réponds-tu d'abord. Mais pourquoi tant crier
Contre tous les travers dont le globe fourmille?
N'êtes-vous pas aussi de la grande famille ?
Et, pour un vil crasseux qu'on peut chasser demain,
Faut-il jeter la pierre à tout le genre humain?
Il est des sentimens dans les gens du grand monde,
Et j'en pourrais citer....— Sans doute, il en abonde
De ces beaux merveilleux, qui savent nous charmer
Par des dehors trompeurs que je ne puis aimer.
Suis-moi dans un salon, séjour de l'opulence :
Nobles, faquins titrés, auteurs, gens de finance,
Députés, magistrats, carlistes, libéraux,
Présentent à nos yeux le plus beau des tableaux.

Vois-tu ce gros monsieur. à la démarche fière?
L'Étoile de l'Honneur brille à sa boutonnière.
Sans doute cette croix fut le prix de son sang
Qu'il versa pour la France... oh ! non, certainement.
Jamais il ne reçut la moindre égratignure.
Oui, mais des vivres-foins il eut la fourniture;
Et s'étant distingué dans ce poste important,

On l'éleva bientôt au grade d'intendant.
Ce n'est pas peu de chose, intendant militaire.
En dix ans ce héros fit très-bien son affaire.
Et lorsque nos soldats, dans des climats glacés,
Sous leurs lauriers courbaient leurs fronts cicatrisés,
Mouraient de faim, de soif, et marchaient sans chaussure,
Notre noble intendant, au fond d'une voiture,
Narguait, éclaboussait les favoris de Mars,
Dont le Kremlin fumant a vu les étendards.
Prudemment il a fui de ces lieux de carnage,
Et reçut, sans rougir, l'Etoile du courage :
On ne peut trop payer ces glorieux travaux....

Mais, je te l'ai promis, varions nos tableaux.
J'aperçois le Nestor de la diplomatie :
Si j'osais crayonner les exploits de sa vie,
Je pourrais te fournir huit tomes in-quarto,
Et trahir dans mes vers son noble *incognito*.
Au temps de nos discords remonte son histoire :
Avant d'avoir un nom sous notre Directoire,
On le vit figurer au pied du saint autel,
Dans une comédie offerte à l'Éternel.
Quand de le posséder le Dictateur se flatte,
Tout bas il souriait... et le fin diplomate,
Du Champ-de-Mars, témoin de ses premiers hauts faits,
Part soutenir les droits des citoyens Français.

Sous sa propre grandeur, lorsque la République
Vit crouler pour toujours son pouvoir despotique,

Nos terribles soldats, vainqueurs de l'Univers,
Rentrés dans leurs foyers ont aperçu des fers.
L'armée, effroi des rois aux plus lointaines plaines,
A vu rougir ses mains par de honteuses chaînes !
Esclave, à son réveil, le Peuple-Souverain
Se lève, et dans la poudre il fait rentrer soudain
Ces fiers tyrans, moteurs de l'horrible anarchie.
Bientôt un plus beau jour a lui pour la patrie.
César paraît enfin !... Notre représentant
Court saluer l'éclat de cet astre naissant.
On l'accueille ; et déjà dans son cœur il aspire
A défendre les droits de l'Aigle et de l'Empire.

Tel on voit un reptile aux mortels malfaisant,
Sur le sommet d'un roc parvenir en rampant,
Et, voisin de l'oiseau qui porte le tonnerre,
Contempler à ses pieds et les mers et la terre ;
Tel notre diplomate a trouvé les secrets
De nous représenter dans ces fameux congrès,
Où des peuples vaincus par l'invincible France,
Il tint, pendant vingt ans, dans ses mains, la balance.

Ainsi que les destins nos esprits sont changeans :
Notre caméléon se réglait sur les vents ;
Et quand nos vieux soldats, rassasiés de gloire,
Eurent par leurs hauts faits fatigué la victoire,
Et que le Roi des Rois fut forcé de chercher,
Pour reposer sa tête un horrible rocher ;

Oubliant tout-à-coup le Drapeau-Tricolore,
Le *Cinéas français* sut se parer encore
Des titres, des honneurs qu'il abjura jadis,
Et courut se ranger sous l'Étendard des Lys.

Que nous payâmes cher notre antique vaillance !
Les rois vaincus ont fait une Sainte-Alliance
Où les vainqueurs des rois se virent enchaînés.
Mais quand les fils des Francs, trop long-temps prosternés,
Eurent levé leurs fronts obscurcis par l'orage,
Et brisé dans leurs mains les fers de l'esclavage,
De Fleurus, de Valmy l'étendard redouté
Reparut dans nos rangs avec la Liberté.
En trois jours, l'Univers vit la Nouvelle-France
Reconquérir ses droits et son indépendance.
Soudain, pour soutenir nos intérêts, nos lois,
Paris vit accourir, aux cris du Coq gaulois,
Ce fier soutien des Lys, du Peuple et de l'Empire.

Mais déjà souriant aux accords de ma lyre,
Je t'entends t'écrier : « Par ma foi, c'en est trop !
De Pégase échappé réprimez le galop ;
Arrêtez !... ou sinon, dans les eaux du Permesse,
Craignez, prédicateur, d'aller chanter la messe,
Ou même parvenu sur le sacré Vallon,
Poète, redoutez le sort de Phaéton. »
— D'accord. Je suis parfois prodigue de paroles.
Aussi je me tairai sur ces longs protocoles,

Dont le Lyon Belgique essuya les assauts.
Le Batave est soumis.... et, grâce à mon héros,
Anvers est foudroyé.... La Pologne respire....
Je me tais,... c'est aux rois à finir ma satyre.

Pour varier mon style il faut baisser le ton.
Disons d'abord un mot de ce petit baron,
Qui sorti des bureaux d'un poudreux ministère,
Aux grands Jours de Juillet s'est mis folliculaire,
Et pour le bien du roi, du Peuple et de l'État,
Anti-Cincinnatus, achète un majorat.

Il cause en ce moment avec un Philippiste,
Qui, d'Ultra-Libéral et fougueux journaliste,
Après avoir sali dans maint et maint pamphlet,
Corbières, Polignac, Villèle et Peyronnet,
Changeant soudain d'esprit, de mœurs et de langage,
Même à la Liberté refuse son suffrage,
Et nouveau Julien, renonçant à son Dieu,
Devient l'ami de l'Ordre et du Juste-Milieu.
On a vu *Némésis* dans sa rage farouche
Distiller les poisons que vomissait sa bouche.
Mais, il se justifie en valet de carreau,
Déplore ses erreurs avec mons *Figaro*,
Et tous deux chargés d'or, d'opprobre et d'infamie,
Attendent le fauteuil de notre académie.

Némésis ! Némésis ! Que ton triomphe est vil !
Alors que tu chantais les conquérans du Nil,
Les peuples t'écoutaient... Et du Rhin jusqu'au Tibre

Tes vers , dans leur essor, exaltaient tout cœur libre.
Par toi le Fils de l'Homme , en ses nobles revers ,
Soupirait ses douleurs et pleurait dans tes vers.
Que les temps sont changés !... Ta plume domestique
Offre un encens servile au pouvoir despotique.
N'as-tu pas dit toi même en style de couplets :
« *L'homme absurde est celui qui ne change jamais ?* »
Et n'avons-nous pas vu , vers toi , d'un pas agile ,
Une bourse à la main, accourir don Bazile?

Méprisons à jamais ces transfuges maudits ,
Qui pensent que l'argent est de tous les partis ;
Qui trouvant le Pactole en les eaux du Permesse ,
Riches , ont oublié leur ancienne détresse ;
Leurs cœurs sont endurcis aux plus sanglans affronts :
Eh bien ! de nos mépris stigmatisons leurs fronts :
Anathême contre eux ! Honte ! mille fois honte !...

Te parlerai-je enfin de ce petit vicomte
Qui , d'illustres aïeux n'ayant rien que le nom ,
Ne présente aux regards qu'un ignoble avorton.

Plus loin , ce duc, enfant de notre république ,
Soutient qu'il faut casser notre garde civique.
Long-temps nous l'avons vu, dans les champs de l'honneur,
Moissonner des lauriers cueillis par la valeur.
En lui tous nos soldats mettaient leur espérance ;
Lui , l'orgueil de la vieille et de la jeune France ,
Qui ne connut jadis , pour illustrer son nom ,

Que le droit de la force et le droit du canon,
Oubliant tout à coup sa devise guerrière,
Au nom du droit divin baissa sa tête altière,
Et devenu dévot, comme l'abbé Guyon,
Porta lui-même un cierge à la procession.

Voyez auprès de lui cet homme de finance :
La Bourse est le champ-clos où brille sa science ;
Si l'Éternel commande à tous les élémens,
Mortel, lui seul commande à tous nos fiers traitans.
Des rois européens c'est la digne ressource :
Quand ils n'ont pas d'argent, ils puisent dans sa bourse.
Ce dernier rejeton du vieux Mathusalem,
Veut contre ses écus troquer Jérusalem.
Aux enfans de Jacob montrant un bel exemple,
Il prétend, à ses frais, seul relever le Temple,
Et d'Israël faisant cesser l'affliction,
Il a pris l'Éternel sous sa protection.

Que penser, entre nous, de cette comédie ?
Je m'y perds, Leboyer, et quitte la partie.
Par respect pour mon siècle et le Roi-Citoyen,
Je quitte mes pinceaux, je me tais, et fais bien.

CACHONS NOS RUBANS.

Air : *Du Vieux Drapeau.* (Béranger.)

Un soldat de la République,
Par Napoléon décoré ,
Un jour se voyait entouré
D'agens de la force publique.
Cordons bleus , cordons rouges , blancs ,
Décoraient la milice altière....
Corbleu ! cria-t-il en colère ,
Gens d'honneur, cachons nos rubans.

Des muscadins parfumés d'ambre
Marchent d'oripeaux chamarrés ;
Et nous, chez ces faquins titrés ,
Un jour, nous ferions antichambre !....
Non, morbleu !... ce fut dans les camps
Que ma Croix fut la récompense
De mon sang versé pour la France....
Gens d'honneur, cachons nos rubans.

Et vous qui rendez la justice,
Magistrats, soutiens de nos droits ,
Oserez-vous porter la Croix,
Quand on la donne à la Police ?

Voyez ces ignobles agens
Se parer avec impudence
Du prix qu'on doit à la vaillance !....
Gens d'honneur, cachons nos rubans.

Luc avait une fille sage,
Riche de vertus et d'attraits,
Mais, hélas ! pour lui quels regrets
De n'être qu'adjoint de village.
Il court s'intriguer près des grands ;
Le préfet distingue sa fille.....
Bientôt sur son sein la Croix brille....
Gens d'honneur, cachons nos rubans.

Alexandre P.... ..

BIBLIOTHÈQUE ROYALE

CLERMONT, Imprimerie de Thibaud-Landriot.

www.ingramcontent.com/pod-product-compliance
Lightning Source LLC
LaVergne TN
LVHW022257030726
842520LV00009B/2857